AF235579

Virulente Geschichten

... alles begann mit einem Satz

VHS Wehr (Hrsg.)
Virulente Geschichten
... alles begann mit einem Satz

Impressum

Bibliografische Information der Deutschen
Nationalbibliothek:
Die Deutsche Nationalbibliothek verzeichnet diese
Publikation in der Deutschen Nationalbibliografie;
detaillierte bibliografische Daten sind im Internet über
http://dnb.dnb.de abrufbar.

© 2020 VHS Wehr (Herausgeberin)
Kolektorat: Petra Gabriel
Autorinnen: Fatima Zobeidi-Weber, Elena Schellhorn,
Anna-Lena Weber, Heike Scheidhauer, Kerstin Ott,
Barbara Kammerer, Renate Griesser
Titelbild: pixabay
Umschlaggestaltung: Fatima Zobeidi-Weber

Herstellung und Verlag: BoD – Books on Demand,
Norderstedt
ISBN: 978-3-7526-9062-0

Inhalt

„Schreiben heißt, sich selber lesen"

Max Frisch

Vorwort

Lieber digital als isoliert!

Unsere Volkshochschule ist ein kleines, aber feines Zentrum der Erwachsenenbildung. Sie orientiert sich an den Bedürfnissen der Bewohnerinnen und Bewohner Wehrs und ist gut mit Einrichtungen und Vereinen der Stadt und des Umlandes vernetzt. Unsere VHS ist ein Ort des Lernens und der Begegnung. Wir sind weltoffen und zugleich fest mit Wehr verbunden. Lebenslanges Lernen, Neugier, Vielfalt und Innovation sind für uns genauso wichtig wie Tradition und Heimatverbundenheit im besten Sinne des Wortes.

Unter dem Stichwort „Erweiterte Lernwelten" beschäftigten wir uns besonders ab dem Frühjahr 2020 intensiv damit, wie wir unseren Teilnehmenden in dieser besonderen Zeit Alternativen zum Präsenzunterricht bieten können. Doch welche Kurse sind online möglich? Schließlich lebt unsere Volkshochschule von den Begegnungen und Anleitungen im Kurs. Nicht umsonst ist unsere VHS stolz auf die zahlreichen treuen Kursleitenden und Teilnehmenden, in deren Kurse auch Freundschaften entstehen.

Begegnung in den virtuellen Raum zu verlegen, war eine besondere Herausforderung. Wichtig war uns vor allem, den Kontakt zwischen unserer Volkshochschule, unseren Kursleitungen und den Teilnehmenden nicht abreißen zu lassen. Ebenso wollten wir durch die regelmäßigen Kurstermine dazu beitragen, dem Alltag, der sich für viele Menschen durch Home-Office oder Kurzarbeit verändert, Struktur zu geben.

Da kam die Kurs-Idee unserer Mitarbeiterin Fatima Zobeidi-Weber mit dem Kursangebot von Petra Gabriel gerade recht! Das Projekt der Online-Schreibwerkstatt zeigte sich als ideales erstes Projekt im digitalen Bereich. Um Texte schreiben zu können, braucht es meist einen ruhigen Moment, um die Texte zu optimieren und zu besprechen, braucht es eine funktionierende Gruppe und für den ersten Satz braucht es die Anleitung einer erfahrenen Schriftstellerin. In diesem Fall passten alle Voraussetzungen zusammen und es entstand daraus ein schönes „Denkmal", an diese besondere Zeit!

Dass dieses Projekt nun so erfolgreich lief und daraus dieses Buch entsteht, macht unsere Volkshochschule nur noch stolzer! Unser herzliches Dankeschön gilt in erster Linie den sieben Autorinnen, deren Engagement dazu beigetragen hat, dieses Buch zu veröffentlichen sowie der Schriftstellerin Petra Gabriel.

Wehr, Dezember 2020
Carina Wanowski
Leiterin der Volkshochschule Wehr

Vorwort

Werte Lesende,

Abenteuer im Kopf sind immer möglich, egal, wie widrig die äußeren Umstände auch sein mögen. Das haben jene Frauen eindrucksvoll bewiesen, die sich mit mir im VHS-Kurs „Virulente Geschichten" online und ohne Erfolgsgarantie auf den Weg nach Fantasien gemacht haben. Diese Reise erforderte den Mut, eingefahrene Denkbahnen zu verlassen und sich damit auf eine Achterbahnfahrt zwischen Selbstzweifeln und Enthusiasmus einzulassen. Die Autorinnen der Geschichten, die Sie in diesem Buch finden, stammen aus drei Generationen, zwischen der jüngsten und der ältesten liegen rund 50 Jahre. Jede ist auf ihre ganz eigene Art mit den Zweifeln, der Verunsicherung, aber auch der Freude am Tun umgegangen, wie das Buch zeigt, das Sie nun in Händen halten. Es sind erstaunliche, überraschende und wunderbare Geschichten entstanden.

Auch für mich war diese erste Online-Schreibwerkstatt ein Abenteuer. Ich wusste nicht, ob es virtuell gelingen kann, nicht nur den Kopf, sondern auch den Bauch, die Intuition auf diesem Weg mitzunehmen. Meine Mitreisenden haben es mir mit ihrem Talent und ihrer schöpferischen Begeisterung leicht gemacht. Die Begegnung mit ihnen, die Geschichten, die sie am Ende schrieben, haben auch mich bereichert. Danke dafür. Denn die

Erzählungen machen Mut. Beweisen, dass es viele Wege und dazu noch sehr individuelle in die Welt der Kreativität gibt. Man muss nur den ersten Schritt tun und danach nach jedem Stolpern weitergehen.

Danke auch der Volkshochschule Wehr dafür, dass sich bereiterklärt hat, als Herausgeberin für dieses Buch zu fungieren. Ich denke, die VHS-Mitarbeiterin Fatima Zobeidi-Weber, ebenfalls eine der Teilnehmerinnen der Schreibwerkstatt, hat dazu entscheidende Impulse gegeben; durch ihre Initiative ist der Kurs überhaupt erst zustande gekommen. Die Idee, ein Buch aus den dabei entstandenen Kurzgeschichten zu gestalten, kam aus der Runde der Teilnehmerinnen.

Es geht für alle Autorinnen also weiter, inzwischen gemeinsam; sie unterstützen einander bei ihrer Reise nach Fantasien. Und das, finde ich, ist ebenfalls eine wunderbare Geschichte.

Petra Gabriel

Victors Geheimnis
Fatima Zobeidi-Weber

Sein Magen rebellierte, doch er versuchte an etwas Anderes zu denken. Wütend hatte Selma die Tür zugeschlagen und ihm noch im Hinausgehen zugerufen: „Immer denkst du nur an deine Karriere, was ist nur aus dir geworden? Eiskalt bist du! Ich sehe dich nicht mehr lachen."

Ausgerechnet vor diesem alles entscheidenden Meeting, bei dem es darum gehen würde, ob seine Story über das Flüchtlingslager Moria es auf die Titelseite des renommierten Hamburger Wochenmagazins schaffen würde, in dessen innersten Kreis vorzudringen Clark endlich geschafft hatte, machte sie ihm eine solche Szene. Wochenlang hatte er recherchiert, war vor Ort gewesen, hatte dem Elend, das sich dort abspielte, ins Gesicht gesehen. Aber die Bilder, die er dort machen konnte, waren es wert gewesen. Die Welt sollte nicht weiter die Augen verschließen können vor dieser menschlichen Tragödie.

Doch jetzt gab es nur noch ein Thema: „Corona, Corona, Corona". So ein dämlicher Grippe-Virus machte ihm nun einen Strich durch die Rechnung. War es zynisch, so zu denken, so wie Selma es ihm in letzter Zeit immer öfter vorgeworfen hatte? Sei's drum! Derartigen Ärger auf nüchternen Magen konnte Clark jedenfalls nicht gebrauchen. Die drei Tassen Kaffee machten sich schon auf unangenehme Weise bemerkbar.

Das Klingeln seines Telefons unterbrach Clarks Grübeleien. „Dirk Preis" stand auf dem Display.

Dirk? Sein alter Kumpel aus Studienzeiten? Wie lange hatten sie nichts voneinander gehört? Dirk lebte mittlerweile mit seiner Frau Ute und den zwei Kindern in Bochum, hatte als Redakteur für die Westfälische Rundschau sein Auskommen, und Clark hatte sich insgeheim des Öfteren über dieses spießige Leben mit Doppelhaushälfte und Wohnmobil unterm Carport lustig gemacht. Halbglatze und ein aussichtsloser Kampf gegen den Bierbauch ... Warum Ute sich ausgerechnet für Dirk entschieden hatte?

Was er wohl wollte? Clark konnte seine Neugier kaum bezähmen.

„Hey Dirk", Clark versuchte seiner Stimme einen beiläufigen Tonfall zu verleihen, Dirk sollte ihm seine Aufregung nicht anmerken. „Lange nichts von dir gehört. Habe auch schon öfter daran gedacht, dich anzurufen. Aber du weißt ja, in meinem Job... einfach zu viel Stress. Bin gerade erst von einer Recherchereise von der Insel Lesbos wiedergekommen. Wir arbeiten da gerade an einer Story über ..."

„Halte dich fest!" unterbrach ihn Dirk, „Victor ist wieder da!"

„Was heißt das? Victor ist wieder da? Victor lebt?", Clark gab es auf, die Fassung bewahren zu wollen. „Erzähl schon!"

Während er mit angehaltenem Atem Dirks Bericht lauschte, zogen lang vergessen geglaubte Bilder an ihm vorbei.

Unzertrennlich waren sie gewesen, die drei Freunde: Victor, der, obwohl ein charismatischer Sonnyboy, der größte Idealist von allen gewesen war – Clark hatte ihn insgeheim um diese Kombination aus Leichtigkeit und Tiefgründigkeit beneidet, die ihm stets alle Türen zu öffnen schien. Dann war da der ruhige zuverlässige Dirk und schließlich er selbst, den Freunde und Kollegen als zielstrebig, erfolgreich und gutaussehend bezeichnen würden – keine Ahnung hatten sie, wie hart er an diesem makellosen Image gearbeitet hatte. Gemeinsam waren sie während ihres Studiums durch Dick und Dünn gegangen, hatten sich nächtelang die Köpfe heißgeredet über Politik und Weltgeschehen, darüber, wie man ein erfolgreicher Journalist wird und über Frauen. Und natürlich über Ute ...

Doch dann war Victor spurlos verschwunden. Ja, er selbst hatte Victor zu dieser gemeinsamen Reise in den lateinamerikanischen Dschungel überredet. „Das ist kein Kindergarten", hatte Victor eingewandt, als Clark ihm voller Begeisterung von seiner Idee erzählte. „Mit diesen Typen ist nicht zu spaßen." Doch Clark hatte nicht lockergelassen, bis Victor schließlich einwilligte.

Sogar das Geld für die Reise hatte er Victor gegeben, weil der wie immer abgebrannt war. Gut, das war nicht ganz uneigennützig gewesen. Schließlich verfügte Victor über die entscheidenden Kontakte. Ganz nah waren sie den Rebellen gekommen ...

Doch war er deshalb schuld an der Katastrophe? Die Rebellen hatten nur Victor zu dem Treffen mit dem obersten Rebellenführer zugelassen, hatten ihn abgeholt und mit verbundenen Augen zu dem Geheimversteck des Anführers gebracht.

Währenddessen war Clark im Camp geblieben und schoss die Bilder, mit denen er später so erfolgreich geworden war. Aber Victor war von diesem Treffen niemals zurückgekehrt und blieb verschwunden.

Viele Jahre hatte Clark unter den Schuldgefühlen gelitten, Victor zu dieser Reise gedrängt zu haben und darunter, dass er mit der Story über den verschwundenen Freund als Journalist groß rausgekommen war. Zu immer mehr Leistung hatte er sich selbst angetrieben, wie um sich zu beweisen, dass er seinen Erfolg auch wirklich verdiente. Selma hatte schon recht: er war auf keinem guten Weg …

„Clark, bist du noch dran?" tönte Dirks Stimme aus dem Telefon und riss Clark aus seiner Erstarrung.

„Du hast die ganze Zeit über gewusst, wo Victor steckt?" schrie Clark nun ins Telefon.

„Nein, das wusste ich nicht. Nur, dass er von Deutschland aus die Guerilla unterstützt hat und da in irgendwelche kriminellen Machenschaften verwickelt war. Irgendwas mit Drogen oder Waffen. Jedenfalls musste er untertauchen, sonst wäre er wohl ziemlich sicher in den Knast gewandert."

So also war es gewesen und Dirk hatte die ganze Zeit Bescheid gewusst. Von wegen Entführung! Abgehauen war Victor und Dirk hatte ihm auch noch Geld dafür gegeben!

„Ich muss von hier verschwinden", hatte Victor damals vor der Abreise zu Dirk gesagt. „Ich bin da in eine Sache verwickelt… Es ist besser, wenn du mir keine Fragen stellst. Und du darfst auf keinen Fall ein Wort darüber verlieren. Zu niemandem!" „Und bitte: pass gut auf Ute auf."

Dirk hatte dichtgehalten, all die Jahre lang. Wohl aus Angst, sein beschauliches Leben mit Ute auf's Spiel zu setzen. Ute und Victor, das wäre zwar sowieso nicht gutgegangen, aber dennoch …

„Und du warst ihn los und hast deine Chance bei Ute gewittert", dachte Clark verbittert. „Und mich in dem ganzen Schlamassel sitzen gelassen."

Nachdem Dirk das Gespräch beendet hatte, blieb Clark reglos mit dem Telefon in der Hand sitzen. Doch dann begann er zu lachen, bis ihm die Tränen kamen und er konnte nicht mehr aufhören. Jahrelang war er „der guten Story" hinterhergerannt. Und nun war er selbst Teil von einer. Mit allem was dazugehört: Freundschaft, Liebe, Eifersucht, Lügen und Intrigen ...

Clark lachte und lachte und genoss das Gefühl, wie alle Anspannung von ihm wich.

Wenn nur Selma ihn so sehen könnte ...

Mitten im Leben

Elena Schellhorn

Lieber Norman,
eigentlich wollten wir ja diesen Sommer zusam-
menziehen. Doch als ich heute morgen auf dem
Weg zu dir an der Bäckerei vorbeiging, änderte sich
mein Plan. Der neue Plan heißt Pedro und kommt
aus Brasilien. Er sagt, auf so jemand wie mich hat
er sein Leben lang gewartet. Wohin die Reise geht,
weiß ich noch nicht, aber so ein Abenteuer lehnt man
nicht einfach ab.
Nun, Pedro wartet und ich wollte noch schnell
meine Sachen mitnehmen. Lebe wohl, sei mir nicht
böse. Als Trost lasse ich die Brötchen da. Dorothea.

„Mist!" - Norman wischte sich den Rasierschaum
aus dem Gesicht. „Hätte ich bloß selbst die Brötchen
geholt." In seinem Kopf wirbelte es. Sie kann doch
nicht einfach weg sein! Er holte den Espressokocher.

Die Türglocke läutete.

„Dorothea!" stürzte Norman zur Haustür.

„Norman, alter Schwede! Wie lange ist es her,
dass wir uns nicht gesehen haben?" Eine Wolke aus
Knoblauch, Schweiß und Zigarrenduft umhüllte ihn.
Es war nicht das erste Mal, dass sein Schulfreund
Camilo auftauchte, wenn alles drunter und drüber
ging.

Nach dem zweiten Espresso holte Norman Doro-
theas Brief hervor.

„Oh, là, là!" Camilo versuchte ein ernstes Gesicht
zu machen, schaffte es nicht und prustete los. „ Ich
komme mir vor wie in einem Film. Was soll man da

sagen? Ein Glück, dass ich da bin. Echte Freunde halten zusammen. Lass mich überlegen... Doch, ja, die Entscheidung ist gefallen. Komm mit!" Schon war Camilo auf dem Weg zu seinem Auto und zog Norman hinterher. „Eine echte Spanierin... viel Erfahrung mit Menschen..." murmelte er.

Im Wagen schlief zusammengerollt ein Hund.

„Das ist Corona. Ich habe sie gestern in Madrid gefunden und nachts über die Grenze hierhergebracht." Camilo grinste. "Ich wollte schon immer so etwas Heldenhaftes tun."

„So etwas Kriminelles, meinst du wohl. Aber warum heißt sie Corona?"

„Das ist Spanisch. Corona bedeutet Krone. Sie lag entkräftet unter einer Bank in der Nähe vom Königspalast. Gestatten, Ihre Majestät?" Behutsam nahm er mit seinen großen Händen ihren mageren Körper und trug ihn zu Norman in die Küche. „Ich lasse dir Corona da. Kümmere dich gut um sie. Morgen hole ich sie wieder ab."

Es schien, als würde Norman plötzlich erwachen. „Ähm... warte! Das ist nett von dir, aber... Ich habe doch keine Ahnung! Versteht sie nur Spanisch? Gibt es etwas, das ich beachten muss?"

Camilo nickte seinem Freund aufmunternd zu. „Keine Bange. Sie braucht nur Ruhe und gutes Essen." Auf dem Weg nach draußen drehte er sich noch einmal um. „Und sprich mit ihr."

Norman setzte sich neben Corona auf den Küchenboden. Sie blickte zu ihm hoch und legte den Kopf auf die Pfoten. Norman verstand es als Zeichen, dass sie ihm zuhören würde und fing an zu erzählen. Er erzählte von seiner Kindheit, von seinen Eltern und Geschwistern. Von seinen Träumen als Jugendlicher und seinen Unsicherheiten. Corona wedelte mit dem Schwanz und kam näher. Norman genoss ihre Nähe und hatte das Gefühl, sie würde genau verstehen, was er sagt. Er hatte keine Hemmungen mehr und erzählte über seine verpatzten Versuche bei den Mädchen und die versteckten Männertränen abends im Bett. Wie glücklich er war, als er vor einem Jahr Dorothea kennenlernte. Das Leben mit ihr war wie ein Feuerwerk, bunt und laut. Zeit zum Innehalten hatten sie nicht, brauchten sie nicht. Wenn er darüber sprechen wollte, wie es mit ihnen weitergehen könnte, winkte sie ab. Sie wollte sich nicht festlegen. Lediglich das Zusammenziehen fand sie okay, aber erst im Sommer. Und jetzt war sie weg. Hätte er es verhindern können, so verlassen zu werden? Norman spürte einen Kloß im Hals. Ihm war elend zumute. Als würde sie ihn trösten wollen, legte sich Corona in seinen Arm. Norman liefen die Tränen, er war dankbar und unendlich gerührt.

Am späten Nachmittag ging Norman hinaus, Essen zu besorgen. Noch nie war er so schnell vom Einkaufen zurück wie an diesem Tag. Ihm fielen tausend Dinge ein, die er Corona noch erzählen wollte.

Nach dem Essen ruhten sie zusammen auf dem Sofa. Norman dachte darüber nach, wie aufgewühlt er noch am Morgen war. Jetzt spürte er Coronas Wärme und Zuneigung und merkte, wie gut es ihm tat. Ihm wurde bewusst, was für ein Glück er hatte, im eigenen kleinen Haus zu leben. Er war froh, einen Job zu haben. Und einen Freund, der kam, wenn er ihn brauchte. Eine tiefe Zufriedenheit breitete sich in seinem ganzen Körper aus. So musste es sich anfühlen, mitten im Leben angekommen zu sein.

Corona stand auf und setzte sich an die Tür.

Norman verstand sofort. „Das ist eine gute Idee! Ich zeige dir meine Lieblingsstrecke im Wald." Sie gingen nebeneinander her, als würden sie sich schon lange kennen. Es wurde dunkel und der Sternenhimmel leuchtete über ihnen. Norman zeigte Corona die Sternenbilder, wie sie sein Vater ihm gezeigt hatte. Er dachte an die vielen Abende, als er und sein Vater sich auf den Dachboden gelegt und in den Himmel geschaut hatten. Die Erinnerung ließ Norman lächeln, er fühlte sich leicht und sorglos. Er hielt an, kniete sich zu Corona hinunter und flüsterte ihr ins Ohr: „Danke, meine Königin."

Was wäre wenn: jetzt oder nie

Anna-Lena Weber

Was wäre wenn. Diese drei Wörter gehen Franz Müller durch den Kopf, während er seine Laufschuhe anzieht, dann nach seinem Schlüssel greift und seine Wohnung verlässt. Eigentlich führt er ein gutes Leben, denkt er, während er langsam losjoggt. Eigentlich sollte er sich nicht beklagen. Er hat einen sicheren Job, eine eigene Wohnung und seine Eltern sind ebenfalls mit ihm zufrieden. Jetzt hat er auch noch mit dem Joggen angefangen, was will man mehr? Seine heutige Laufroute ist neu für ihn, auf 40 Minuten ausgelegt und verläuft durch den Wald. Außerdem joggt er ausnahmsweise abends und sein Handy liegt zuhause. Seine neue Laufhose hat nämlich keine Taschen und laut irgendeiner Studie ist es ohne sowieso besser fürs Laufen.

Der Nachteil: Ohne Musik auf den Ohren laufen zu gehen heißt, er ist permanent seinen eigenen Gedanken ausgesetzt. Die Worte *was wäre, wenn nicht* kreisen in seinem Kopf, wieder einmal nimmt der Zweifel überhand, er hinterfragt sein ganzes Leben, seinen Job, seine Lebensziele, seine Kindheit, sein Singledasein, im Grunde seine ganze Existenz. Da aber sich beklagen und nichts wagen, nicht viel bringt, schüttelt er seinen Kopf, um diese Gedanken wieder abzuwerfen. Durch das Gedankenkarussell ist Franz vom Weg abgekommen. Als er das bemerkt, bleibt er stehen und sieht sich um. Er sieht Bäume. Viele Bäume. Ja, eigentlich nichts anderes als Bäume. Kein Weg, Schild oder Ähnliches, was ihm Orientierung geben könnte. Er hat sich verlaufen.

„Mist, nicht mal joggen gehen kann ich", murmelt er und schaut sich um.

Und jetzt? Hier sitzen bleiben und auf Hilfe warten oder alleine den Weg hier raus finden? Oh nein, es dämmert! Er wird panisch. *Es dämmert!*

Okay, er wird den Ausgang aus diesem Wald suchen; aber welche Richtung? Er weiß nicht mehr, aus welcher Richtung er gekommen ist. Soll er um Hilfe rufen? Aber dann hören ihn diese wilden Tiere doch auch? Vielleicht gibt es hier ja Wölfe? Wieso hat er diese Survival-Fernsehshows denn immer weggeklickt? Und was wäre, wenn ...

Egal, beschließt er, *ich gehe jetzt einfach geradeaus.*

Noch immer kreisen seine Gedanken, aber er läuft los. Nein, eigentlich joggt er wieder, man könnte fast schon sagen, er rennt.

„Hey, nicht so schnell. Nur weil man rennt, kommt man nicht unbedingt schneller ans Ziel. Wusstest du, dass man montags am ehesten einen Herzinfarkt bekommt? Ich meine, wir haben Sonntag, also kein Grund zur Unruhe. Außer natürlich, du irrst hier noch länger herum."

Verwirrt bleibt Franz stehen und hält inne.

„Wer ist da?", fragt er, während er sich umsieht.

„Ich", jetzt kommt die Stimme von weiter unten.

Franz erstarrt. Ein Wesen, ungefähr kniehoch, mit großen Augen und einem Schwanz hangelt sich die Äste hinunter, bis es vor dem verdutzten Franz steht. Es ist ein Affe.

„Ich könnte dir helfen aus dem Wald rauszukommen."

„Soweit kommt's noch, dass ich einem dummen Affen mehr Vertrauen schenke als mir selbst!"

Franz nimmt seinen Lauf wieder auf. Er läuft

und läuft. Es wird immer dunkler. Längst hat er das Zeitgefühl verloren, als er endlich einen Lichtschimmer entdeckt. Aber dieser ist weit weg und die Dunkelheit ist nah. Abrupt bleibt Franz stehen. Gerade noch rechtzeitig. Er befindet sich an einem Abgrund. Vor ihm erstreckt sich eine tiefe, breite Schlucht. Er bleibt stehen, ratlos in die Tiefe blickend. Was jetzt?

„Sieh dich um und du wirst ein Hilfsmittel entdecken. Das bringt dich auf die andere Seite der Schlucht. Aber sei achtsam und bleib auf deinem Weg. Das ist wichtig!"

Franz kann es nicht fassen. Hat da tatsächlich die alte Eiche direkt neben ihm gesprochen? Oder hat er schon Halluzinationen?

Ob nun echt oder nicht, etwas sagt ihm, dass die Worte bedeutsam sind. Vielleicht ist es das? Dieses Bauchgefühl? Franz blickt sich um und entdeckt in nicht allzu weiter Entfernung einen Baumstamm, der die beiden Enden der Schlucht wie ein Steg zusammenführt.

Einfach drüber, denkt er sich und setzt seinen Fuß auf den Baumstamm. Dann zögert er – und das einen Moment zu lang. Das Gedankenkarussell beginnt sich wieder zu drehen.

Was ist, wenn du da runterfällst? Du wirst es nicht schaffen. Nicht schaffen. Nicht schaffen!

„Stopp, ", ruft er in die Dunkelheit hinein und bringt das Karussell damit zum Stehen. „Sag dir selbst das, was du gerade am meisten brauchst.", fügt er laut hinzu. „Also Franz, du schaffst das, du bist nicht mehr der kleine Junge im Sportunterricht, der vor aller Augen vom Barren gefallen ist. Du bist viel stärker und du läufst jetzt einfach über diesen verdammten Steg und kommst sicher an!"

Einige Sekunden später erreicht er die andere Seite. Die nächsten Meter in Richtung Licht geht er einfach nur geradeaus. Erfüllt von dem glücklichen Gefühl, sich überwunden zu haben. Kein *Was-wäre-wenn*, obwohl der Weg ihn durch einen Felsentunnel führt. Doch das Glücksgefühl wird schnell gedämpft. Vor ihm rauscht es. Und je näher er dem Rauschen kommt, desto lauter wird es. Es hört sich an wie? Wasser. Er nähert sich diesem Geräusch, bis er vor einem Fluss steht.

Wieder schaut er sich nach einem Hilfsmittel um und wieder hat er Glück. Eine lange Liane baumelt fast direkt vor seiner Nase. Sie hängt an dem schiefen Baum auf dem kleinen Felsüberhang, unter dem er steht und könnte ihn mit genug Schwung bestimmt auf die andere Seite des Flusses bringen.

Da steht er nun mit der Liane in der Hand, im Grunde bereit, die Sache durchzuziehen. Er hört das Wasser tosen, den Wind wehen und er spürt, wie die nächtliche Kälte in seine Knochen dringt. Seine Knie werden weich, er setzt sich nieder, vergessen ist der Triumph, den er gerade noch gespürt hat. Allgegenwärtig sind die Angst, die Kälte und die Müdigkeit. Franz schließt die Augen, um sie doch in gleicher Sekunde wieder aufzureißen. Immer hat er den einfachen und vernünftigen Weg gewählt. Doch heute muss er sich seiner Angst stellen.

Sein alltägliches Leben ist ihm jetzt so fern, dennoch fühlt er sich sich selbst näher als je zuvor.

Plötzlich hört er ein Knacken. Er schaut sich um, kann aber nichts erkennen.

„Hallöchen", ruft eine Stimme.

Erst als die Gestalt direkt vor ihm steht, erkennt

Franz, um wen es sich handelt. Der Affe!

„Sieht so aus, als bräuchte da jemand doch Hilfe!", sagt der grinsend.

„Ach was", noch immer ist Franz nicht bereit, einem Affen die Führung zu überlassen.

Der Affe schnappt sich das untere Ende der Liane und drückt sie Franz in die Hand. „Also, du hältst dich hier jetzt fest und ich gebe dir genügend Anschwung, alles klar?"

Elegant schwingt sich der Affe auf den Felsüberhang über Franz.

„Ähm, nein? Was ist, wenn ich da reinfalle, also in den Fluss? Außerdem, wann lasse ich los?", fragt Franz.

„Auf drei geht es los, dann nimmst du kräftig Anlauf. Ich sichere dich von oben ab. Los! Oder willst du dich vor mir, einem Affen, blamieren?", tönt es von oben.

Nein. Nur das nicht! Ohne weiter zu überlegen, flitzt Franz los und landet kurz darauf hart auf seinem Hinterteil. Vor Schmerz lässt er die Liane los. Die schwingt zurück. Zwei Sekunden später landet der Affe neben ihm. Da erst begreift Franz: Er ist tatsächlich auf der anderen Seite des Flusses.

Völlig fertig mit den Nerven rappelt Franz sich auf, reibt sich das Hinterteil und atmet schwer.

„Das haben wir doch gut hinbekommen?", sagt der Affe in seine Gedanken hinein.

Franz hebt den Kopf.

„Danke, übrigens dass du mir geholfen hast." Franz lächelt verlegen. „Ich bin übrigens Franz Müller", sagt er und streckt die Hand aus.

„Ich bin Carlos. Einfach nur Carlos. Freut mich, dich kennenzulernen."

Goldene Hochzeit
Heike Scheidhauer

Lieber Yves, was ist nur passiert? Wir sind unendlich erschüttert und traurig. Erst vor Kurzem saßen wir in fröhlicher Runde zusammen, eure Mädels tobten durch unseren Garten. Konstanze war eine so kluge, fröhliche und schöne Frau. Zu wissen, auf welch grausame Art sie sterben musste, ist unfassbar. Alina und Luisa haben ihre Mama verloren ...

Ich lernte Yves in der Firma kennen. Ich erinnere mich noch genau an unsere erste Begegnung anlässlich einer Abteilungsleitersitzung. Zu dieser Zeit war ich gerade neu in den Betrieb gekommen.

Yves betrat den Raum, alle Blicke richteten sich auf ihn. Er begrüßte die Runde mit fester, dunkler Stimme. Groß, schlank, gutaussehend, charmant und charismatisch, so mein erster Eindruck. Seine Frau Konstanze arbeitete auch bei uns, in einer anderen Abteilung. Beide hatten zwei kleine Mädchen, sechs und vier Jahre alt. Sie wohnten in einem Einfamilienhaus, in einem kleinen Ort in beschaulicher Lage unweit des Rheins auf der Schweizer Seite. Alles wie bei uns. Wir freundeten uns an und trafen uns manchmal zum Grillen.

Ich mochte Yves sehr. Er war ein Geschichtenerzähler. Ob die Geschichten wahr oder frei erfunden waren, behielt er für sich. Vielleicht wusste er das nicht einmal selbst.

An einem Freitag im August feierten Yves Eltern ihre Goldene Hochzeit. Weil es das Jubiläumspaar so bequem wie möglich haben sollte, wurde das Fest im Ochsen, dem Landgasthof unweit von Yves Elternhaus, geplant. Die beiden waren nicht mehr so gut zu Fuß und wollten – gesundheitlich angeschlagen - auch nur ungern ihr Zuhause im Schwarzwald verlassen.

Yves: „Wie verbleiben wir für Freitagabend und Samstag?"

Konstanze: „Alina und ich fahren am Abend nach dem Fest mit einem Taxi heim. Du behältst das Auto. Da du ja mit Luisa bei deinen Eltern überachten möchtest, gehe ich am Samstagvormittag schon mal allein mit Alina an ihre Voltigier-Aufführung. Ihr könnt doch dann nachkommen. Bis Alina an der Reihe ist, wird es eine Weile dauern."

Als die Kantonspolizei am frühen Samstagmorgen gegen sechs Uhr am Haus der Familie eintraf, saß Alina bleich und zusammen gekauert vor der Haustür. Das Schlafzimmer in der oberen Etage bot ein Bild der Verwüstung. Abgerissene Vorhänge, ein umgekippter Stuhl. Bücher und Zeitschriften verstreut auf dem Boden. Die Tote lag auf dem Rücken im Ehebett und zeigte Würgemale am Hals. Sie trug ein T-Shirt und einem Slip.

Alina hatte die Polizei angerufen. Danach sprach sie monatelang kein Wort mehr. Niemand wusste, ob sie den Streit in der Nacht mitbekommen oder erst am Morgen ihre Mama leblos im Bett aufgefunden hatte. Das Einfamilienhaus der Familie war jetzt also ein Tatort. Es gab keine Einbruchsspuren. Die Haustür und auch die Terrassentür waren unbeschädigt. Alle Fenster des Hauses waren verschlossen, die Rollos teilweise heruntergelassen.

Bis auf die Verwüstungen im Schlafzimmer sah alles ganz normal aus. Im Wohnzimmer auf dem Teppich hatten die Kinder einen Reiterhof, eine Koppel und ihre Spielzeugpferde aufgebaut. Den Kühlschrank zierten Bilder, die Werke von Alina und Luisa aus dem Kindergarten. In der Diele stand der neue Schulranzen für Alinas bevorstehende Einschulung bereit. Die Spurensicherung fand keine Hinweise darauf, dass eine fremde Person im Haus gewesen ist. Es war nichts gestohlen worden. Einzig verdächtig war der Schuhabdruck eines Turnschuhs in Größe 46 auf dem Toilettendeckel des Gäste WC. Wie kam der da hin? Warum sollte jemand auf den Toilettendeckel steigen?

Wochen vergingen. Konstanze wurde beerdigt. Ihr Schicksal und das Schicksal der Familie berührten die Menschen zutiefst. Yves kümmerte sich rührend um seine Töchter. Morgens richtete er ihnen ihre Rucksäcke und brachte sie in den Kindergarten. Er wurde sehr ruhig, zog sich zurück und vermied, über das Geschehene und seine Trauer zu sprechen. Einmal verabredeten wir uns auf einen Kaffee. Noch nie hatte ich Yves derart traurig und wortkarg erlebt. Wir kamen kaum ins Gespräch und tranken unsere Tassen weitgehend schweigend leer. Yves sah mir nicht in die Augen. Es schien, als könne er es nicht. Für mich fühlte sich das seltsam und irritierend an. Zu dieser Zeit begannen erste gemeinsame Bekannte misstrauisch zu werden. Frank, Yves bester Freund, Kollege und sein Trauzeuge sagte: „Glaubst du wirklich, da kommt ein Fremder ins Haus, geht ins Schlafzimmer und erwürgt Yves Frau?"

Unfassbar, was Frank mit dieser Frage zu bedenken gab! Er erzählte weiter: „Als ich einmal mit Yves an einer mehrtägigen Weiterbildung war, verhielt er sich auch sehr merkwürdig. Nach zweieinhalb Tagen behauptete er, er habe ganz viel Blut im Stuhl und müsse deshalb sofort abreisen und einen Arzt aufsuchen. Als ich ihn am nächsten Tag anrief, wollte er nicht mehr darüber reden. Er kam auch nicht wieder an unseren Tagungsort zurück. Wenn du mich fragst, ich glaube, er war einfach nur eifersüchtig und wollte deshalb Konstanze nicht allein zu Hause lassen."

Vier Wochen nach Konstanzes Ermordung wurde Yves verhaftet und in die Untersuchungshaftanstalt des Kantons gebracht. Die Kripo hatte herausgefunden, dass der Fußabdruck zweifelsfrei zu einem seiner Nike Turnschuhe gehörte. Die Ermittler der Mordkommission gingen davon aus, dass Yves in der Nacht der Goldenen Hochzeitsfeier von seinem Elternhaus im Schwarzwald nach Hause gefahren war. Dort schlich er sich über das Toilettenfenster herein und wollte seine Frau mit ihrem vermeintlichen Liebhaber in Flagranti ertappen. Es kam zum Streit, in dessen Folge Yves die Beherrschung verlor und seine Frau im Affekt tötete. In seiner Panik verwüstete er das Schlafzimmer. Es sollte wohl nach einem Einbruch aussehen. Er schloss das Fenster im Gäste-WC und verließ das Haus. Inzwischen war es 2:40 Uhr. Yves setze sich wieder in seinen Twingo. Um 2:46 Uhr wurde sein Grenzübertritt von den am Schweizer Zoll installierten Videokameras aufgezeichnet. Genauso wie bei der Hinfahrt um 2:08 Uhr.

Nach sechs Wochen Untersuchungshaft fanden Beamte Yves tot in seiner Zelle. Er hatte sich erhängt. Es gab nie ein Geständnis. Die Kinder wurden von Konstanzes Eltern, die in Norddeutschland leben, aufgezogen.

Nach einer wahren Begebenheit

Auf dem Weg

Kerstin Ott

Als er auf die Straße trat, wusste er noch nicht, dass er heute am Anfang einer ganz neuen Erfahrung stand.

Nervös sah er auf die Uhr. Sollte er vielleicht erst noch seinen besten Freund anrufen, bevor er zum Treffen ging? War er im Begriff, eine große Dummheit zu begehen? Sollte er vielleicht lieber ein paar Tage verschwinden? Dann würde sich alles von selbst erledigen. Oder auch nicht. Ihm schwirrte der Kopf.

Wie so oft wollte er den Weg zur Stadt durch den kleinen Park abkürzen. Aber heute blieb er gleich am Eingang stehen. Sein Blick ruhte auf dem mächtigen Ahornbaum, an dem er sonst achtlos vorbeiging. Als er so dastand, war ihm zum Weinen zumute. Ja, er sollte aufhören zu grübeln. Er sollte einfach mal innehalten und in sich hineinhören. Denn er war mit einer Entscheidung konfrontiert, die sein Leben verändern würde. Selbst wenn er keine traf, wäre ab heute alles anders.

Markus van der Heyden war vor einem Jahr von Lüneburg nach Hamburg gezogen. Als sein Chef ihm damals die Vertriebsleitung Nord anbot, hatte er keine Sekunde überlegen müssen. Mit 47 Jahren endlich eine tolle Position, und das auch noch in der besten Stadt der Welt für Singles. Er genoss sein Großstadtleben von der ersten Minute an.

Auch wenn er spät dran war, hielt ihn etwas davon ab, weiter zu gehen. Stattdessen lehnte er sich mit dem Rücken an den Baum, und je ruhiger seine

Gedanken wurden, desto weiter rutschte er ganz langsam am Stamm hinunter. Nun saß er dort, wo die Wurzeln im Boden verschwanden und spürte, dass er gerade nirgendwo anders sein wollte.

Er war müde. Müde vom vielen Nachdenken, Zweifeln, Grübeln, was die richtige Entscheidung wäre – für alle. Er legte seinen Kopf auf die Knie und spürte, wie ihm Tränen über die Wangen liefen. Er wehrte sich nicht mehr dagegen, er ließ es einfach zu.

„Geht es Ihnen nicht gut? Brauchen Sie Hilfe?"

Markus van der Heyden schreckte auf, hob dabei aber trotzdem kaum den Kopf.

„Nein, Nein. Es geht schon. Ich mache nur eine kleine Pause" brachte er mühsam hervor.

Er lauschte dem Rauschen des Baumes, den Stimmen, die überall im Park lauter oder leiser zu hören waren und fühlte sich sonderbar wohl dabei. Er genoss den Halt, den Schutz und die Geborgenheit, die ihm dieser Ahorn gerade gab. Und noch etwas fühlte er: der Baum bewertete ihn nicht. Er durfte genau so sein, wie er sich gerade fühlte. Innerlich zerrissen, verzweifelt, traurig und vollkommen überfordert, eine vernünftige Entscheidung zu treffen.

Er hörte, wie sich von links wieder Leute näherten. Wenn die vorbei sind, muss ich aber schnell los, sonst komme ich noch zu spät.

„Hallo. Was machst du da?" piepste ein Stimmchen.

Markus stellte sich taub und reagierte nicht. Kann man mich nicht einfach mal in Ruhe hier sitzen lassen.

„Bist Du traurig?"

Er hob seinen Kopf wie in Zeitlupe und schaute

direkt in zwei große dunkelblaue Kinderaugen. Am liebsten hätte er kurz „Hilfe!" gerufen, so erschrocken war er über die beiden Pupillen so dicht mit ihm auf Augenhöhe. Er fand keine Worte.

„Warum sitzt Du hier?" fragte das kleine Mädchen hartnäckig weiter.

„Ach, ich war nur etwas müde und habe mich ausgeruht".

„Mein Papa ist auch manchmal müde, wenn es noch hell ist. Aber dann liegt er." Sie beugte sich zu ihm und flüsterte: „Ich bin dann immer ganz leise und lege mich auch da hin, ohne dass er es merkt. Und dann erschrickt er sich, wenn er aufwacht", kicherte sie und hielt sich dabei ihre kleine Hand vor den Mund.

Markus musste kurz auflachen.

„Cosma, jetzt komm'!" rief die Mutter des Mädchens gereizt.

„ Tschüüß" flötete die Kleine.

„Bist Du auch ein Papa?" hörte Markus noch, als sie fröhlich zu ihrer Mutter hüpfte.

Als hätte das Lachen ihn aus seiner Lethargie befreit, stand er ruckartig auf. Er fühlte sich eigenartig gestärkt und erleichtert. Das glaubt mir keiner, wenn ich erzähle, dass mir ausgerechnet ein Baum geholfen hat. Er fühlte sich wie verwandelt. Als er sich von ihm entfernte, drehte er sich noch einmal um und musste lächeln.

Es schien als würde der Baum zurücklächeln und ihm sagen: "Ich bin immer für dich da."

Eine sanfte Frühlingsbrise umwehte Markus. Sie roch nach Neuanfang.

Als er zum Treffpunkt mit Susanne kam, saß dort ihre Freundin.

„Hi, wo ist Susanne? Wir sind verabredet!"

„Du hast Nerven, Markus. Du bist spät. Sie dachte, du kommst nicht mehr."

„Wie bitte?? Ich wurde aufgehalten. Es war wichtig. Und? Wo ist sie denn jetzt?"

Schon wieder war ihm zum Weinen zumute.

„Da, die Straße links runter. Immer den Tränen nach," raunte die Freundin.

Als er Susanne eingeholt hatte, waren es nur noch wenige Meter bis zum Eingang der Konfliktberatung. Er sah, dass auch sie geweint hatte.

„Du zuerst", sagte sie leise.

Nicht auszudenken, wenn sie anders entschieden hat als ich. Wie stehe ich dann da? Er dachte an den Baum, an seinen starken Baum, und wurde ganz ruhig und sicher.

„Ja, ich will es", sagte er etwas heiser, aber deutlich.

„Ich auch", schluchzte sie.

Sie kannten sich erst seit drei Monaten. Sie hatten viel gelacht und die Leichtigkeit des Seins in vollen Zügen genossen. Jetzt weinten sie zum ersten Mal miteinander. Natürlich wusste er, dass man Glück nicht festhalten kann, aber einen Glücksmoment schon, dachte er und drückte sie noch ein bisschen fester an sich. Und meinte dabei plötzlich, das Kind schon zu spüren.

Er, es, sie
Barbara Kammerer

Missmutig klappte Florian seinen Laptop zu. Wieder kein kulturelles Ereignis, über das er eine Kritik schreiben konnte. Wieder keine Einnahmen. Seit Wochen ging das jetzt so. Reihenweise wurden Veranstaltungen abgesagt. Die fehlten ihm so. Die Ausgänge, bei denen er Leute traf, mit denen er fachsimpeln oder auch Alltägliches austauschen konnte. Und im Anschluss daran zuhause das Ausformulieren seiner Gedanken zum Stück, das er gesehen hatte. Es war gleichermaßen zum Aus- der Haut- Fahren wie lähmend. Für einen Essay, in dem er seine eigene Sicht auf die Corona-Pandemie darlegen wollte, fehlte ihm aktuell der Antrieb. Vielleicht auch der Mut? Lara, Anästhesistin im städtischen Krankenhaus, sah die Situation grundlegend anders als er.

„Hallo, Liebling, wo steckst du denn?" Lara war nach Hause gekommen. Wie immer scheinbar top gelaunt. Er setzte seine entspannte Maske auf, ging ihr entgegen und nahm sie in den Arm.

„Wie war dein Tag? Hast du deine Grobgliederung schon im PC?" Das war die falsche Frage, gleich zu Beginn.

„Nein, ich war mir noch unschlüssig, meine Gedanken sind noch zu wirr...". Er gab sie frei und ging vor ihr her in die Küche.

„Sag bloß, die Kleine schläft um diese Tageszeit?" Sie klang vorwurfsvoll.

„Nein, sie ist zum Spielen bei unserer Nachbarsfamilie." Er bemühte sich, dies ganz beiläufig zu sagen.

„Wo ist sie?" Ihre Stimme überschlug sich fast. „Was fällt dir denn ein? Tagaus tagein wiederhole ich, dass wir das Virus unter keinen Umständen hier in unserer Mitte brauchen können und dass wir darum zu Hause bleiben!"

"Wir bleiben zuhause, ist gut! Du gehst in die Klinik und bist dort eher in Gefahr, das Virus einzufangen als wir hier in unserer Hausgemeinschaft unter dem Lockdown."

„Ja, aber meine Kompetenzen und mein Einsatz werden aktuell dringend gebraucht. Und aus diesem Grund muss ich gesund bleiben! Wie kannst du mir so eine Rücksichtslosigkeit antun! Mein Tag war stressig, wie könnt's auch anders sein in der aktuellen Situation..."

Natürlich! Frau Doktor gehörte nun zu den systemrelevanten Menschen, zu den Heldinnen des Tages! Wie konnte er das nur vergessen. Solange sie draußen im Leben stand, war sie die Strahlende. Kaum schloss sich die Wohnungstür hinter ihr, fiel sie in sich zusammen. Aus der Leistenden wurde die Fordernde.

Und er? Den ganzen Tag mit einem bewegungsfreudigen Kleinkind zuhause gestalten. Hatte das nicht auch etwas Heldenhaftes? Und waren nicht der Kontakt und das Spiel mit Gleichaltrigen für ein Kind lebensnotwendig?

„Hör zu, ich mixe uns jetzt erst mal einen Aperitif, für dich zum Ankommen. Dann bestelle ich zum Essen Sushi in deinem Lieblingsrestaurant." Es war ein Versuch, die graue Wolke aus dem Zimmer zu schieben. Er ging in die Küche.

„Etwas Selbstgekochtes wäre auch nicht schlecht gewesen", maulte sie in seinem Rücken.

Irgendwie hatte sie ja Recht, auch er hätte Lust auf frischen Salat und Gemüse vom Markt gehabt. Da war aber diese Lähmung, die die Epidemie-Einschränkungen bei ihm auslösten. Woher sollte er die Energie und die Freude nehmen, wieder aktiver am Leben teilzuhaben. Am liebsten wäre er jetzt in der Küche geblieben und hätte - was getan? Getobt, mit Geschirr um sich geworfen oder geheult? Unvermittelt ein Geistesblitz, ein klares inneres Bild: das Ferienhäuschen seiner Eltern an der Ostsee! Warum fiel ihm das gerade jetzt ein?

„Voilà, dein Lieblingsaperitif. Chin-chin!" Er setzte sich neben Lara auf die Sofalehne.

„Was ist denn das!? Du könntest doch wissen, dass ich diesen Hugo nicht mehr ertrage, seit wir auf Verenas Hochzeitsfest dieses klebrig süße Gemisch trinken mussten. "

„Tut mir leid! Vielleicht ein kühles Bier?" Er stand auf, um sein verrutschendes Gesicht unbeobachtet wieder auf normal zu bringen.

Sollte er jetzt Sushi bestellen oder war der Abend ohnehin gelaufen? Es würde wie so oft einfach Brot, ein paar Oliven und Käse geben. Sofern der Kühlschrank sie noch ausreichend damit versorgte.

Lara kam in die Küche und machte sich am Kühlschrank zu schaffen. Sie hatte sich wohl gegen Sushi entschieden. Na dann!

„Ich hole jetzt Lydia. Sie freut sich darauf, von dir die Gutenachtgeschichte zu hören." Ein weiterer Versuch, eine alltägliche Stimmung zu schaffen.

„Du gehst sie dann direkt waschen und machst sie bettfein."

Das war ein klarer Befehl. Wie redete sie eigentlich mit ihm?

Wenige Minuten später war er zurück mit Lydia, die an seiner Hand tanzte und ganz aufgeregt von ihrem Nachmittag mit den Zwillingen aus der Nachbarwohnung erzählte.

„Komm Schätzchen, wir gehen gleich ins Bad, waschen dich gründlich und ziehen dir den Schlafanzug an." Er redete ungewöhnlich laut. Wollte er sein Unwohlsein mit dieser Pflichtübung übertönen oder lediglich „Vollzug" melden?

Lydia hatte die ganze Zeit weiter geplappert und rannte nun zum Esstisch, wo Lara ungeduldig wartend saß. Schon hing die Kleine am Hals ihrer Mutter, die sich bei dieser stürmischen Umarmung sichtlich unwohl fühlte. Dieser Anblick gab Florian einen derart heftigen Stich in die Herzgegend, dass er seine Idee ohne Einleitung vorbrachte:

„Du, Schatz, ich könnte doch mit Lydia für zwei, drei Wochen in das Ferienhäuschen meiner Eltern fahren. Ein bisschen Tapetenwechsel und frische Luft um die Nase wären für mich und die Kleine eine Wohltat. Du kannst dir nicht vorstellen, wie ermüdend es ist, immer zuhause zu sitzen. Du hättest hier Ruhe, könntest abends ungestört loslassen...".

Und ohne auf Laras Reaktion zu warten, fügte er hinzu: „Ich geh' jetzt packen..."

Der leere Fleck - Corona sei Dank

Renate Griesser

Die Erinnerung an das helle Viereck, die leere Stelle im großen Kunsthaussaal in Zürich, wo früher das Gemälde „Das Mädchen mit dem Perlenohrring" von Jan Vermeer hing, hatte ihn nie mehr losgelassen. Im Gegenteil, sie hatte an Bedeutung gewonnen. Das Vermeerbild, das so lange zu seinem Leben gehört hatte, war nun auch verschwunden. Er weiß nicht weshalb und wohin. Doch dieser Umstand passt in seine Gegenwart, symbolisiert sie sogar. Nichts ist mehr wie es war.

Über dieses Bild schiebt sich eine andere Erinnerung, läuft ab wie ein Film, als stünde er neben sich. Der frühere Mattias von Hadlaub in seinem Leinenblazer, den weißen Strohhut mit schwarzem Band den sommerlichen Temperaturen gemäß auf dem Kopf, wendet sich seiner Begleiterin Rita zu, die dem Kulturanlass wegen im luftigen schwarzweiß gemusterten Etuikleid neben ihm steht. Beide sind seit geraumer Zeit ein Paar. Sie lieben Zürich, diese gepflegte Stadt mit Seeblick und verschneiter Alpenkette, den modernen Stadtteil Zürich-West mit dem Bluetower, die Trams, die zuverlässig von A nach B rauschen, den klassizistischen Bahnhof, Eingang zur berühmten Bahnhofstrasse.

Mattias, Pilot bei der Swiss, stillt seine Reiselust beim Fliegen über den Wolken. Er kehrt aber auch immer gern in seine Attikaloft in der Innenstadt zurück. Dort lebt er mit der braunen Pudeldame Pauline, die von Rita gehütet wird, wenn er on air ist. Rita wohnt in einem modernen Appartement in

Zürich-West nahe dem Bluetower. So ist sie schnell in der Tonhalle, wo sie als Cellistin im Orchester angestellt ist. Die Hündin und Rita verstehen sich gut. Pauline jault nicht, wenn Rita den Bogen führt, und Rita sagt immer, sie freue sich darüber, etwas von Mattias bei sich zu haben. Wenn er zuhause ist, genießen beide Sushi und Misosoup in den zahlreichen Japanrestaurants in Zürich, nippen am heißen Sake und füttern sich gegenseitig mit Essstäbchen.

Rita liebt den sonoren Klang des Cellos seit ihrem fünften Lebensjahr. Als ihr die begehrte Stelle im Tonhalle-Orchester angeboten wird, ist sie überglücklich. Auch sie kann mit dem Orchester in fremde Länder reisen, gerade kommt sie von einer Konzerttournee aus Japan zurück, der neue blauseidene Kimono mit roten Kranichen bringt frischen Schwung in ihr Liebesleben.

Ja, und dann kommt Corona angeflogen. Der Hotspot im nahen Bergamo lässt auch die Schweiz wanken, eine Ausnahmesituation mit Grenzschlie-ßung, Ausgangssperren, Hygienemaßnahmen. Flughäfen, Konzertsäle, alles wird geschlossen, Mattias verliert seinen Pilotenjob und Rita kommt in Kurzarbeit beim Orchester. Aus dem Radio tönen stündlich Anweisungen und Meldungen aus dem Corona-Hotspot: „Bleiben Sie zuhause, Risiko-patienten, über 65 Jahre und chronisch Kranke dürfen nicht Einkaufen gehen." Mattias ist 45 und gehört nicht zu einer Risikogruppe, aber sein Job ist weg, alle Flüge ab Zürich sind gestrichen. Die Toten stapeln sich bald auf den Friedhöfen rund um Bergamo. Todesangst vor Ansteckung greift um sich, nur Isolation kann Leben retten. Mattias denkt intensiv darüber nach, seine frühere Malerei wieder aufzunehmen. Er geht viel ins Museum, um sich inspirieren zu lassen. Damit entfaltet der leere Fleck im Kunsthaus eine immer intensivere Wirkung. Das Mädchen mit dem Perlenohrring, dieser Teil seines früheren Lebens, fehlt ihm mit jedem Tag mehr.

Als er mit Rita darüber spricht, erinnert sie ihn daran, dass er früher viel Freude am Kopieren alter Gemälde hatte: „Kopien zu malen ist doch deine Spezialität."

Mattias nickt begeistert. „Ja, der Gedanke kam mir auch schon. Das Mädchen mit dem Perlenohrring von Vanmeer reizt mich sehr. Da habe ich richtig Lust dazu, Leinwand und Pinsel heraus zu holen. Das Kunsthaus wäre gegebenenfalls daran interessiert, eine Kopie des Vermeers an die leere Stelle zu hängen. Das brächte uns auch einen finanziellen Zuschuss und meine freie Zeit nutze ich so sinnvoll."

Rita bleibt die Luft weg: „Ein verrückter Gedanke, aber wenn ich mich an deine früheren Werke erinnere, du hast Talent als Maler."Mattias freut sich: „Toll, ich kaufe Farben ein!"

Die nächsten Wochen taucht Mattias ein in die Farbwelt von Lapislazuli, seltenem Purpurrot, gebranntem Siena und Zinkweiß. Er hat sich vorgenommen, auf eine alte Leinwand von jener Zeit zu malen und die damals üblichen Farben zu verwenden. Er muss lange suchen, bis er weiß wo er dies alles herbekommt. Einige Farben rührt er nach alten Rezepten selbst an.

Pauline liegt bei ihm neben der Staffelei und bekommt dabei einige Farbtupfer ab während er malt. Rita spielt auf dem Cello um den Künstler in

Stimmung zu bringen.

Mattias merkt es beim Ohrläppchen der jungen Frau. Es verschwindet immer wieder, ein Nebel verwischt die Sicht. Zunächst sagt er Rita aber nichts. Er geht zu Dr. Vogel, einem Augenarzt.

Danach klingelt er Sturm bei Rita, er muss schnellstens mit ihr reden. „Etwas Schlimmes ist passiert. Ich verliere mein Augenlicht" bricht es aus ihm heraus, kaum, dass sie die Wohnungstür geöffnet hat. „Was verlierst Du? Nun mal langsam. Hast du Panik durch dieses Coronazeugs bekommen?"

„Nein, der Arzt hat eine chronische Makuladegeneration diagnostiziert. In ein paar Wochen bin ich blind, blind, Rita!" schreit Mattias.

Rita setzt sich auf den nächsten Stuhl, atmet schwer. Pauline sitzt neben ihr und schaut sie aufmerksam an. „Mein Gott, das ist ja schrecklich! Du liebst doch die Farben so sehr, Du bist so ein Augenmensch, Mattias."

„Ja, so möchte ich nicht weiterleben. Nichts mehr sehen zu können, immer auf Hilfe angewiesen zu sein. Nein, das kann ich nicht, das will ich nicht!"

Rita wird aschfahl und schweigt, Tränen laufen ihr übers Gesicht. Mattias kann sehen, dass sie nicht weiß was sie sagen soll, dass sie angesichts seines Schreckens einfach keine Worte findet. Schließlich schiebt Rita ihren Stuhl neben den von Matthias und nimmt schweigend seine Hand. Pauline schwänzelt zu Mattias hinüber und setzt sich schließlich zwischen beide.

Die Stille hängt schwer zwischen Ihnen, nur unterbrochen durch das Atmen Ritas und das Hecheln der Hündin.

Nach langem Schweigen sagt Rita: „Was meinst

Du Mattias, wir ziehen zusammen, ich erweitere meinen Orchesterjob mit Celloschülern, so kämen wir finanziell gut über die Runden. Und Pauline wird zur Blindenhündin ausgebildet. Findest Du nicht, dass es höchste Zeit ist, ein gemeinsames Leben zu starten? Jetzt gerade!"

Pauline klopft heftig mit dem Schwanz auf den Boden. Sie ist einverstanden.

Die Autorinnen

Wie oft hatte ich mich schon sagen hören „Ich würde gern irgendwann einmal schreiben". Corona, home-office, ohnehin geplantes Auslaufen meiner beruflichen Aktivitäten, Vorfreude Eigenes anzufangen. Was passt dazu besser als ein online-Kurs über das, was ich schon immer machen wollte? Die Schreibwerkstatt kam für mich genau zum richtigen Zeitpunkt. Ich werde ab jetzt nicht mehr aufhören, meinen Fantasien schreibend zu folgen. Es war eine wertvolle Erfahrung, die über die Zeit des Kurses hinaus wirkt. Auch dieses Buch ist ein Beweis dafür, dass man zusammen mehr schaffen kann als man sich zuweilen allein zutraut.

Kerstin Ott

Was hat mich motiviert an diesem Schreibkurs teilzunehmen? Ich schreibe sehr gern und viel, aber nur über Erlebtes. Eine Geschichte zu schreiben mit fiktiven Personen, die miteinander agieren, dabei Spannendes erleben, scheint mir ohne die Unterstützung der Gruppe und der Leiterin unmöglich. Da gab es Blackouts, Schreibblockaden, weil mir einfach nichts einfiel. Über den ersten Satz, der mit Hilfe der Gruppenmitglieder schliesslich zustande kam, kam die Phantasie langsam ins Rollen. Der Protagonist mit Namen entwickelte ein Eigenleben, aus Worten wurden Taten, sein Umfeld und seine Vorlieben verwebten sich zu einer spannenden Geschichte dank Inputs aller Schreibenden.

Renate Griesser

Schreibwerkstatt: Virulente Geschichten. Diese zwei Stichwörter haben mich spontan angesprochen. Immer schon mal wollte ich ausprobieren, ob ich selbst eine Geschichte schreiben kann. Und das Thema des Schreibkurses forderte mich heraus, mich endlich mit unserer durch Corona veränderten Lebenssituation auseinanderzusetzen. Durch die Anleitung zum Aufbau meiner Geschichte wurde ich von meinen eigenen Ideen abgelenkt, um dann aber, beim Lesen festzustellen, dass unbewusst ganz viel Eigenes eingeflossen ist. Sowohl die Schreibanregungen als auch der Austausch in der Gruppe waren hilfreich und sehr wertvoll.

Barbara Kammerer

In der VHS wird eine Schreibwerkstatt angeboten, unter der Regie der Schriftstellerin Petra Gabriel! Wir leben gerade in Zeiten der Corona Pandemie und viele sonstige Aktivitäten fallen damit ins Wasser. Warum nicht mal was Neues ausprobieren? Wie entwickelt sich eine Geschichte? Was muss ich beachten? Genau das wollte ich lernen: in entspannter Atmosphäre, zusammen mit sympathischen Gleichgesinnten und unter professioneller Anleitung einer Expertin. Ich wurde nicht enttäuscht! Auch wenn es nicht immer nur einfach war, nach und nach den eigenen Text zu entwickeln und zu verbessern, es hat Spaß gemacht. Und ehrlich gesagt, ich habe Lust auf mehr ....

Heike Scheidhauer

Wie kommt man einigermaßen gut durch die Krise? Diese Frage stellte ich mir zu Beginn des ersten Lockdowns im März 2020. Die Antwort lautet ganz klar: durch Kreativität! Wie aber kreativ sein, wenn man sich nicht treffen darf, auf sich allein gestellt ist? Schreiben ist da eine wunderbare Möglichkeit, denn die Gedanken kennen keine Begrenzung durch Abstandsregeln und Kontaktbeschränkungen. Durch das Online-Format entstand eine erstaunliche Verbindung auf der Basis geteilter Gedanken.

Fatima Zobeidi-Weber

Einer Reihe von überraschenden Ereignissen verdanke ich meine Teilnahme an der online-Schreibwerkstatt. Was dafür nötig war – ein internetfähiges Medium und die Leidenschaft zu schreiben. Die wunderbarsten Frauen mit Ideen und Umsetzungswillen durfte ich kennenlernen. Es war schön und herausfordernd zugleich, gemeinsam mit Wegbegleiterinnen sich selbst und die eigene Geschichte weiterzuentwickeln. Eine bereichernde Erfahrung!

Elena Schellhorn

Ein abgebrochenes Auslandsjahr, Missmut über die „verlorene" Zeit und die Aussicht auf 5 Monate endloses Nichtstun beschreibt meine Situation während des Lockdowns. Da kam die Online-Schreibwerkstatt genau richtig! Was anfangs nur eine Beschäftigung war, wurde schon bald, dank der tollen Gruppenatmosphäre, zu einer Leidenschaft. Unter Petras Anleitung entstanden wunderschöne Geschichten die, im Nachhinein betrachtet, oftmals mehr mit einem selbst zu tun hatten als zu Beginn gedacht. Diese Online-Schreibwerkstatt hat mir gezeigt, dass man auch in besonderen Zeiten und ohne reale Treffen eine wahnsinnig tolle Zeit haben kann und ich würde bei jeder Gelegenheit wieder teilnehmen.

Anna-Lena Weber

Dank

Unser Dank gilt Petra Gabriel, die es auf ganz besondere Weise vermocht hat, uns auf neue Wege zu führen. Sie hat dieses Experiment eines Online-Schreibkurses mit ihrem Wissen, ihrem Wesen, ihrem Rat und ihrer Inspiration zu einer unvergleichlichen Erfahrung für jede einzelne Schreiberin sowie zu einem gelungenen Gemeinschaftserlebnis gemacht. Dass es bei allen Beteiligten nachhaltig wirkt, beweist das Fortbestehen der Gruppe nach Kursende und die Vorfreude auf den nächsten Kurs.

Ebenfalls bedanken wir uns beim Team der VHS Wehr für die Offenheit und Kreativität, in Corona-Zeiten alternative Formate wie diesen Online-Schreibkurs anzubieten. Im Verlauf des Kurses konnten durch die zeitweiligen Corona-Lockerungen auch Präsenz-Treffen stattfinden, für die Dank der großen Flexibilität der Leitung des Hauses kurzfristig Räumlichkeiten zur Verfügung gestellt wurden. Ganz besonders bedanken wir uns für die Unterstützung dieses Buchprojektes, das ursprünglich nicht Teil des Kurses war.

Die Autorinnen